GEORGES COURTELINE

BOUBOUROCHE

PIÈCE EN DEUX ACTES, EN PROSE

PARIS

G. CHARPENTIER ET E. FASQUELLE, Éditeurs

11, RUE DE GRENELLE, 11

1893

BOUBOUROCHE

GEORGES COURTELINE

BOUBOUROCHE

PIÈCE EN DEUX ACTES, EN PROSE

Représentée au Théâtre-Libre, le 27 avril 1893

PARIS

G. CHARPENTIER ET E. FASQUELLE, ÉDITEURS

11, RUE DE GRENELLE, 11

1893

PERSONNAGES :

Boubouroche	MM. Pons-Arlès.
Un vieux Monsieur	Antoine.
André	Gémier.
Potasse	Arquilière.
Roth	Quinsard.
Fouettard	Dujeu.
Un garçon de café	Verse.
Adèle	Mlle Irma Perrot.

———

N. B. — Les parties entre guillemets ne sont pas dites à la représentation.

BOUBOUROCHE

ACTE PREMIER

Un petit café d'habitués, qu'éclairent quelques becs de gaz.
Au fond, la porte; de chaque coté de laquelle, sur les vitres
de la façade, des affiches qui tournent le dos.
A droite, vu de profil, le comptoir, où trône une pom-
peuse caissière; puis une série de tables de marbre
qui viennent jusqu'à l'avant-scène.
A gauche, longeant le mur, une égale quantité de tables.
Au centre, une table isolée, chargée de journaux et de
brochures.
Au lever du rideau (outre quelques consommateurs qui
s'en iront au cours de l'acte), un monsieur d'âge respectable, assis à une des tables de droite, devant une
tasse de café, s'absorbe dans la lecture du *Temps*. — A
gauche, près de la rampe, Boubouroche (une façon de co-
losse poilu, à la barbe embroussaillée), joue la manille
avec Potasse, contre MM. Roth et Fouettard, les reins
dans la moleskine de la banquette. Grand amateur de
bière blonde, il a déjà, devant lui, un beau petit écha-
faudage de soucoupes; cependant que Fouettard et Roth,
qui se sont attardés aux cartes et qui n'ont pas encore
dîné, achèvent par petites gorgées l'absinthe qui reste en
leurs verres.

SCÈNE PREMIÈRE

BOUBOUROCHE, POTASSE, ROTH, FOUETTARD, CONSOMMATEURS

BOUBOUROCHE, *une carte en main et achevant de diriger
un coup.*

.... Et cœur pour nous!... *(Il ramasse en un seul paquet
ses cartes et celles de Potasse et fait, à demi-voix, son
compte).....* quatre et quatre huit et cinq treize. — Et cinq,

dix-huit, et un dix-neuf et un vingt. — Et cinq, vingt-cinq; et quatre, vingt-neuf; et six, trente-cinq. — Et un trente-six; et quatre, quarante... — Et seize, cinquante-six. — C'est bien cela. Vingt-deux pour nous; marque, Potasse.

POTASSE, *marquant.*

Vingt-deux pour les invités.

ROTH

A qui de faire ?

BOUBOUROCHE

C'est à Fouettard. — Où diable est mon tabac?

FOUETTARD, *qui l'avait mis dans sa poche, l'en retire.*
Le voici. Simple distraction.
La dessus il ramasse les cartes, les bat et donne à couper.

BOUBOUROCHE, *ramassant ses cartes au fur et à mesure*
qu'elles lui sont distribuées :

> C'est pour la paix que mon marteau travaille,
> Loin des combats je vis en liberté...

FOUETTARD, *agacé et s'arrêtant de donner.*

Ah non!... Tu nous rases, tu sais, avec ton *Forgeron de la paix!*...

ROTH

Pour sûr, tu nous rases!... Sans blague, vieux, ça ne te serait pas égal de chanter autre chose?

BOUBOUROCHE

Je chante ce que je sais.

FOUETTARD

Vrai alors, tu as un répertoire restreint (*Il donne la retourne*). La dame. Deux pour nous (*Il marque*).

BOUBOUROCHE, *qui a étudié son jeu.*

Causons peu mais causons bien (*à Potasse*). Comment es-tu de la maison?

POTASSE

Ma part.

BOUBOUROCHE

Par le roi?

POTASSE

Oui.

BOUBOUROCHE

Des coupes ?

POTASSE

Deux mille deux cent vingt-deux.

BOUBOUROCHE, *rêveur.*

Attends. (*Un temps*). Tu n'as pas de manille ?

POTASSE

Non. — Mais j'ai les deux manillons noirs.

BOUBOUROCHE, *furieux.*

Qui est-ce qui te demande ça ?... — Joue atout. (*Potasse parait hésiter*). Joue atout, je te dis!... du gros. (*Potasse abat le roi d'atout*). Si le manillon est chez Roth ?...

ROTH, *donnant l'as.*

Il y est.

BOUBOUROCHE

Je lui fais un sort. (*Il prend de la manille*). Nous allons essayer le dix-sept. (*Abattant une carte*). Atout.

FOUETTARD, *amer.*

Ça réussit.

BOUBOUROCHE, *qui triomphe.*

Ah !... — Maintenant, attention au mouvement.

(*Long silence*).

BOUBOUROCHE, *chantonnant entre ses dents.*

C'est pour la paix que mon marteau travaille,
Loin des combats je vis en liberté...

LES TROIS JOUEURS, *agacés, d'une seule voix.*

Boubouroche !!...

BOUBOUROCHE

Laissez, laissez!... Vous gênez mon inspiration. (*A lui même*). Ils font la manille de trèfle ; on ne peut pas les en empêcher. (*Consolé*). Ça ne fait rien, ils perdent quand même. (*A Potasse*). Ecoute, je vais jouer cœur pour toi.

POTASSE

Bon.

BOUBOUROCHE

Tu prendras de ton manillon et tu renverras petit cœur.

POTASSE

Compris.

BOUBOUROCHE, *jouant.*

Cœur !

FOUETTARD, *à son partner.*

Au point.

ROTH

Tu parles !...

(Potasse prend de son as).

BOUBOUROCHE

Joue cœur ! *(Potasse obéit, Boubouroche fait la levée et rejoue).* Cœur maître !

POTASSE

Je me défonce ?

BOUBOUROCHE

D'un cheval !... Fais voir ton jeu. *(Potasse renverse les cartes qui lui restent encore en main).* Mets ton manillon de trèfle.

POTASSE

Voila.

BOUBOUROCHE, *jouant à mesure qu'il annonce :*

Pique pour toi !... Pique pour moi !... Et trèfle. Vingt-sept pour nous, et vingt-deux à la marque : quarante neuf.... Vous êtes dans le lac.

ROTH

Ça y ressemble.

BOUBOUROCHE

Encore une ?

FOUETTARD

Ah non.

BOUBOUROCHE, *engageant.*

La dernière.

FOUETTARD

On voit bien que tu asdiné, toi !... *(D'une voix qui faiblit).* Il est trop tard, réellement. *(A la caissière).* Quelle heure est-il, madame Doucet !

LA CAISSIÈRE

Neuf heures moins vingt, monsieur Fouettard.

ROTH et FOUETTARD

Neuf...

ROTH

Je croyais qu'il était sept heures et demie !... *(Il saute sur *son pardessus*). Moi qui ai promis à ma femme de la mener à l'Hippodrome.

FOUETTARD

Et moi qui ai du monde à dîner !... On doit être en train de me chercher à la Morgue !..

ROTH

Nous allons être bien reçus !

FOUETTARD

Oui. Ah ça va être du propre !... Au revoir Boubouroche.
(Au prononcé du nom de Boubouroche, l'attention du monsieur qui lisait *le Temps* à l'autre extrémité de la scène s'éveille brusquement. Il dépose son journal en travers de sa table, fixe longuement Boubouroche, puis se replonge dans sa lecture).

BOUBOUROCHE (*à Fouettard*).

Au revoir, vieux.

ROTH

Au revoir, Boubouroche.

BOUBOUROCHE

A demain.

(*Poignées de mains*)
ROTH (*terriblement pressé*).

Tu paieras,... nous te réglerons ça demain soir.

BOUBOUROCHE (*très grand seigneur*).

Mais oui, mais oui.

(*Sortie précipitée des deux hommes*).

SCÈNE II

BOUBOUROCHE, POTASSE

POTASSE, *après qu'ils sont partis.*

Encore un lapin de douze sous. (*Geste indifférent de Boubouroche*) Tu n'as pas honte, Boubouroche, de payer pour ces carottiers quand ce serait justement à eux de payer pour nous ? En somme, quoi, ils ont perdu.

BOUBOUROCHE

Qu'est-ce que ça me fait ? Je ne joue pas pour gagner.

POTASSE

En voila un raisonnement d'huître !

BOUBOUROCHE

Je joue pour mon amusement, moi. J'adore conduire la manille. — Et puis, que veux-tu, c'est si pauvre !

POTASSE

Tiens, tu me fais suer !... Je vais me coucher (*il se lève*).

BOUBOUROCHE, *qui l'arrête.*

Ne te frappes pas ! Veux-tu prendre un distingué ?

POTASSE

Non !

BOUBOUROCHE

Prends un distingué, voyons !... ça me fera plaisir (*Mutisme de Potasse qui se laisse faire*). Deux distingués, Amédée, (*constatant que son paquet de tabac est épuisé*) et du tabac.

AMÉDÉE

Boum !

POTASSE, *qui consent à se rasseoir.*

C'est bien pour ne pas te laisser seul. — Mais tu sais : cinq minutes, pas plus.

BOUBOUROCHE

Entendu. (*Amédée a servi la bière*) Eh bien, à la nôtre !

(*On trinque. Boubouroche, ayant bu, aspire le retour de ses moustaches d'un air de profonde satisfaction*).

POTASSE

Tu bois trop de bière, Boubouroche.

BOUBOUROCHE *négligemment.*

Une quinzaine de distingués...

POTASSE, *ironique.*

Pas plus ? (*il ricane*) Sais-tu à quoi je pense ?

BOUBOUROCHE

Ma foi, non.

POTASSE

Je pense, mon pauvre Boubouroche, tu dois faire un fichu amant.

BOUBOUROCHE, *content de lui.*

Eh eh ! Ce n'est pas l'avis d'Adèle (*Potasse rit*). Pourquoi rigoles-tu ?

POTASSE

Pour rien... Je te vois d'ici en Daphnis et alors ça me met en gaîté.

BOUBOUROCHE, *un peu sec.*

Il y a plus mal.

POTASSE

Je m'en rapporte à toi. (*Changeant de ton*) Et comme ça, ça dure toujours avec Adèle ?

BOUBOUROCHE, *dont le visage s'éclaire.*

Toujours. C'est la huitième année.

POTASSSE

Quel collage !...

BOUBOUROCHE, *lyrique.*

Le dernier de ma vie.

POTASSE

Tu en as eu beaucoup ?

BOUBOUROCHE

Je n'ai eu que celui-là

PCTASSE

Mazette, tu n'avais pas commencé en nourrice.

BOUBOUROCHE

J'avais trente ans. (*Ebahissement de Potasse*). Qu'est-ce qui te prend ?

POTASSE, *qui n'en revient pas.*

Tu as trente-huit ans ?

BOUBOUROCHE

Depuis un mois.

POTASSE

Tu en parais bien quarante-sept.

BOUBOUROCHE, *très simplement.*

Oh, du tout !... Je paraîtrais plus tôt plus jeune que mon âge. — Je suis gros, c'est ce qui explique ton erreur ; mais

si j'ai du ventre je n'ai pàs de rides. (*Large sourire sa-
tisfait*).

POTASSE *attendri, à mi-voix.*

Bon garçon. — Et d'où vient, dis moi, que tu aies attendu
trente ans pour te donner le luxe d'une maitresse?

BOUBOUROCHE

De bien des choses, mon ami. D'abord d'une grande timi-
dité, que j'ai toujours portée en moi et dont je n'ai jamais pu
me défaire. Puis, je suis très sentimental, avec mes airs de
grosse bête ; en sorte que j'ai longtemps cherché sans les
trouver : une âme qui fut sœur de la mienne, un cœur qui sut
comprendre le mien (*Rires de Potasse*). J'ai dit quelque
chose de drôle ?

POTASSE

Ne t'inquiètes pas, continues. Tu es à couvrir de baisers.

BOUBOUROCHE, *bien qu'un peu étonné, continue :*

Je rencontrai Adèle dans une maison amie, où elle venait, le
dimanche soir, prendre le thé et faire la causette. Elle avait
alors vingt-quatre ans et le charme indéfinissable qu'ont les
blondes, très blondes, en deuil.

POTASSE

Elle était veuve?

BOUBOUROCHE

De six mois. — Rageuse, hargneuse, spirituelle, féroce pour
peu qu'on l'attaquât et la plus ronronnante des chattes pour
peu qu'on lui tendit du lait, elle me plut, mais elle me
plut!... Mille fois plus que je ne saurais dire!.. Sa distinction
surtout me charmait; tu sais, cette allure d'honnête femme à
laquelle un homme ne se trompe pas? Et je songeais mélan-
colique : « Ne te frappes pas, Boubouroche; ce fruit n'est pas
pour ton assiette. » — Un soir, elle me pria de lui donner le
bras et de la déposer à sa porte. Nous partîmes. Le silence
des rues et le clair de lune qu'il faisait m'inspirèrent des té-
mérités. Sous l'ombre de sa porte cochère, comme elle me
donnait le bonsoir, je pris ses petites mains dans les miennes,
comme ceci, (*il prend les deux mains de Potasse*), je fixai
mes yeux en les siens, comme cela, (*il fixe Potasse dans les
yeux*), et d'une voix tremblante d'émotion : « Madame, lui dis-
je, je vous aime. Vous êtes un parfum, une perle, une fleur et
un oiseau. »

POTASSE

Elle répondit?...

BOUBOUROCHE

Elle répondit : « Tant de choses que ça à la fois? »

POTASSE

Parfaitement... Et huit jours après tu la mettais dans ses meubles.

BOUBOUROCHE, *blessé du terme et rectifiant :*

Huit jours après, Adèle et moi associions nos deux existences, ce qui n'est pas la même chose.

POTASSE

Peuh!... Tu lui donnes de l'argent.

BOUBOUROCHE

Il ne manquerait plus que je lui en demande!... Je lui donne, en effet, trois cents francs par mois et je lui paye son loyer, mais enfin je ne l'entretiens pas. On n'entretient pas une femme parce qu'on fait son devoir d'honnête homme en lui simplifiant, dans une certaine mesure, les complications de l'existence. — Mais, mon cher, je l'entretiens si peu, que nous ne vivons pas ensemble!

(*Étonnement de Potasse*).

BOUBOUROCHE

Bien mieux! .. Je n'ai même pas la clé de l'appartement!

POTASSE

Pourquoi ça?

BOUBOUROCHE

Parce qu'une honnête femme ne doit pas avoir d'amant, et qu'on n'est pas « amant » tant qu'on n'a pas la clé.

POTASSE, *ahuri.*

Qu'est-ce qu'on est, alors?

BOUBOUROCHE, *embarrassé.*

Je ne... sais pas. — ... On est... un monsieur en visite.

POTASSE, *méfiant.*

Subtil!...

BOUBOUROCHE

Pas du tout, mon ami. C'est le raisonnement d'Adèle, et

lui tire mon chapeau, Adèle n'est pas une grisette; c'est une femme très bien élevée; elle a sa famille, ses relations; elle tient à ne pas se compromettre, et je trouve ça fort légitime.

POTASSE

En résumé, une de ces femmes qui veulent bien faire comme les autres, à la condition que les autres n'en sachent rien? — Je connais. Elles sont comme ça quelques milliers sur le pavé de la capitale.

BOUBOUROCHE

Où est l'utilité, pour une femme, de déshabiller sa conduite et de la mettre toute nue devant le monde?

POTASSE *qui ne discute plus.*

Tu as raison, je ne connais rien de plus oiseux que les théories sur la vie. (*Se levant*) Tu es heureux?

BOUBOUROCHE

Infiniment, que me manquerait-il pour l'être ? Je suis un homme sans appétits; je puis me lever à mon heure et me coucher quand ça me convient; mes moyens me permettent de manger à ma faim, de me désaltérer à ma soif, de fumer à ma suffisance et de prêter cent sous quand l'occasion s'en présente, à un camarade gêné. J'ai, en plus, la liaison bourgeoise qui convenait à un homme comme moi : une petite compagne sensée et économe, que j'aime, qui me le rend bien, et dont la fidélité ne saurait faire question une seule minute. Alors quoi? Oui, je suis heureux autant qu'il est possible à un homme de l'être; et c'est ce qui me permet, vois-tu, vieux, d'être indulgent aux pauvres diables qui aiment mieux gagner que perdre au noble jeu de la manille et préfèrent mon tabac au leur, parce qu'il est meilleur marché.

(*Potasse, pendant cette tirade est allé à la patère et y a décroché son chapeau, son paletot et son parapluie*)

POTASSE

Bonne pâte!.

BOUBOUROCHE

Te voilà parti?

POTASSE

Oui.

BOUBOUROCHE

Encore un bock ?

POTASSE

Non. Trop tard. Je n'ai pas ta veine, Boubouroche. Il faut que je sois debout à huit heures du matin.

BOUBOUROCHE

Pauvre Potasse! (*Poignée de mains*) Eh bien, à demain?

POTASSE

Oui.

(*Sortie de Potasse*).

BOUBOUROCHE *seul, tirant sa montre.*

Neuf heures dix... — Monterais-je un instant chez Adèle?... Achevons d'abord ce distingué. La bière est bonne conseillère.

(*Il boit*).

SCÈNE III

BOUBOUROCHE. — Un Vieux Monsieur.

(Sitôt la disparition de Potasse, le Monsieur qui lisait le *Temps* à l'extrême gauche, s'est levé sans bruit de sa place. Il a déposé sur la table les huit sous de sa consommation, et s'approchant, le chapeau à la main, de Boubouroche qui bourre une pipe) :

LE MONSIEUR, *avec une extrême politesse.*

Je vous demande pardon, monsieur; vous êtes bien M. Boubouroche?

BOUBOUROCHE, *surpris.*

Oui, monsieur.

LE MONSIEUR

Ernest Boubouroche?

BOUBOUROCHE

Ernest Boubouroche, parfaitement.

LE MONSIEUR

C'est bien vous qui avez pour maîtresse, Boulevard Magenta, 111 bis, au quatrième sur la rue, une personne appelée Adèle?

BOUBOUROCHE, *surpris de plus en plus.*

Mais...

LE MONSIEUR

Répondez franchement, oui ou non. Je vous dirai pourquoi après.

BOUBOUROCHE, *vaguement inquiet.*

Soit! — Il est en effet exact que cette dame est... mon amie.

LE MONSIEUR

C'est tout ce que je voulais savoir. (*Très aimable*). Eh bien, monsieur, elle vous trompe.

BOUBOUROCHE, *sursautant.*

Elle me... — Asseyez-vous donc, monsieur .. Voulez-vous prendre un distingué? (*Mimique discrète du Monsieur*). Si fait ! Si fait! (*Au garçon*) : Deux distingués, Amédée... — Expliquez-vous, monsieur, je vous prie,

(Boubouroche est fiévreux Le monsieur, lui, très calme, a pris la chaise de Potasse).

LE MONSIEUR

Combien je suis fâché, monsieur, d'avoir à vous gâter aussi complètement que je vais avoir l'honneur de le faire, les illusions où vous vous complaisez. La sympathie que vous m'inspirez me rend singulièrement pénible, la mission, — vile en apparence, en réalité profondément charitable, philanthropique et fraternelle, dont j'ai fait dessein de m'acquitter. Mais quoi, je suis ainsi bâti ! j'estime qu'on ne saurait sans crime sacrifier la dignité d'un honnête homme à la fourberie d'une petite farceuse qui lui carotte son argent, lui gâche en injustes querelles le peu de jeunesse qui lui reste, et se fiche outrageusement de lui, — si j'ose parler un tel langage.

BOUBOUROCHE, *anxieux.*

Cette histoire ?...

LE MONSIEUR

Cette histoire, qui est hélas celle de tant d'autres, est la vôtre, mon cher monsieur. (*Mimique inexprimable de Boubouroche*). Oh ! vous pouvez mâcher de la gomme à claquer et rouler les yeux comme un veau qu'on aurait mené voir Athalie, ce n'est pas ça qui changera quelque chose aux arrêts

de la Providence et fera que ce qui est ne soit pas. Vous êtes
cocu, vous êtes cocu, vous dis-je, cocu inexorablement. C'est
la vérité elle-même qui s'exprime ici par mes lèvres, et c'est
dans la sincérité sans bornes de mon discours que vous devrez
chercher et trouverez, je l'espère, l'excuse de sa cruauté.
— Monsieur, à votre bonne santé.

(Les deux hommes trinquent et boivent).

LE MONSIEUR, *après avoir bu.*

Elle est fraîche.

BOUBOUROCHE, *très ému.*

Monsieur, votre air respectable et la solennité de votre langage me font un devoir de penser que je ne me trouve pas en
présence d'un vulgaire mystificateur. *(Dénégation énergique
du monsieur).* Vous venez de porter contre une femme qui
m'est chère la plus grave des accusations; il vous reste à la
justifier.

LE MONSIEUR, *après un petit salut.*

Monsieur, nous ne vivons plus aux temps qu'a illustrés la
Tour de Nesles, où les murs étouffaient les cris. Les siècles
ont marché, les hommes ont produit. A cette heure, nous
habitons des immeubles bâtis de plâtre et de papier mâché.
L'écho des petits scandales d'au-dessous, d'au-dessus, d'à côté,
en suinte à travers les murailles ni plus ni moins qu'à travers
de simples gilets de flanelle. — Depuis huit ans, j'ai pour voi-
sine de palier cette personne que, naïvement, vous ne crai-
gnez pas d'appeler votre « amie »; depuis huit ans, invisible
auditeur, je prends, à travers la cloison qui sépare nos deux
logements, ma part de vos vicissitudes amoureuses; depuis
huit ans, je vous entends aller et venir, rire, causer, chanter
le Forgeron de la paix avec cette belle fausseté de voix qui
est l'indice des consciences calmes, cirer le parquet, remonter
la pendule, et vous plaindre (non sans aigreur) de la cherté
du poisson : car vous êtes homme de ménage et volontiers
vous faites votre marché vous même. — C'est exact?

BOUBOUROCHE

Rigoureusement.

LE MONSIEUR

Depuis huit ans, je m'associe... « homo sum et nihil...

« BOUBOUROCHE, *impatienté.*

« ... a me alienum puto, oui ».

LE MONSIEUR, *poursuivant.*

... à vos joies et à vos misères, compatissant à celles-ci et
applaudissant à celles-là, admirant votre humeur égale dans
la bonne comme dans la mauvaise fortune et l'infinie gran-
deur d'âme qui vous porte à ne pas calotter votre « amie »
chaque fois qu'elle l'a mérité. Eh bien, monsieur... — Ici, je
réclame de vous un redoublement d'attention... — de ces huit
ans, pas un jour ne s'est écoulé qui n'ait été pour votre amie
l'occasion d'une petite canaillerie nouvelle ; pas un soir, vous
ne vous êtes couché qu'excellemment jobardé et cocufié
comme il convient ; pas une fois, vous ne franchîtes le seuil
du modeste logement payé de vos écus où s'abritent vos plus
chers espoirs, qu'un homme — vous entendez bien ? — n'y
fût caché.

BOUBOUROCHE, *qui bondit.*

Un homme !

LE MONSIEUR

Oui, un homme.

BOUBOUROCHE

Quel homme ?

LE MONSIEUR

Un homme dont j'entends la voix quand vous n'êtes pas
arrivé, et les rires quand vous êtes parti.

(Ahurissement de Boubouroche. Une minute il réfléchit ;
mais, tout à coup, avec ce geste ample du bras qui fait
bonne et prompte justice) :

BOUBOUROCHE

Ah ouat !

LE MONSIEUR

Ah ouat ?

BOUBOUROCHE

Oui, ah ouat. Vous ne savez pas ce que vous dites et je connais
Adèle mieux que vous. (*Très affirmatif*). Elle est incapable
de me trahir.

LE MONSIEUR

Voulez-vous me permettre de vous dire que c'est vous même
qui parlez sans savoir ? — Vous n'avez même pas la clé de
l'appartement.

BOUBOUROCHE, *agacé.*

Non, je n'ai pas la clé, mais qu'est-ce que ça prouve ? Je suis
tombé plus de mille fois chez Adèle, à n'importe quelle heure

du jour : du diable, si au grand jamais, elle a mis plus de six
secondes à me venir ouvrir la porte ! Vous me faites rire, avec
votre histoire !..... — Qu'Adèle ait ses côtés embêtants, je ne
dis pas ; mais quand à être une honnête femme, ça ne fait
pas l'ombre d'un doute.

LE MONSIEUR, *le sourire sur les lèvres.*

C'est une petite gueuse.

(Suffocation de Boubouroche, qui se contient, balbutie, et
finit par commander d'une voix retentissante).

« Deux distingués, Amédée !

« AMÉDÉE

« Boum ! »

BOUBOUROCHE, *après un temps,*

Me tromper !... Adèle !... Ah la la ! Je voudrais bien savoir
pourquoi elle me tromperait... Pour de l'argent ? Elle se moque
de l'argent comme de sa première chemise ; elle vivrait de pain
et de lait, et elle paye des jarretières dix-neuf sous au Louvre.
Pour le plaisir ? (*Grande ironie*). La pauvre enfant !... Elle
n'a pas plus de sens qu'un panier à bouteilles.

LE MONSIEUR, *apitoyé et les yeux levés vers le ciel.*

O homme !... enfant aveugle et quatorze fois sourd !... — Pas
de sens ? Mais, mon cher monsieur, c'est vous qui n'en avez
pas ! Vous me faites l'effet de ces gens atteints du rhume de
cerveau qui refusent tranquillement aux roses un parfum qu'ils
ne perçoivent plus. Pas de sens ?... Ecoutez, monsieur, je sais
bien que nous sommes entre hommes, mais il est de ces ques-
tions brûlantes que l'on ne saurait effleurer avec trop de déli-
catesse... Je vous disais, il y a une minute, que nous ne vivions
plus aux temps où les murs étouffaient les cris... qu'il me soit
permis de le redire ; et à bon entendeur salut ! — Au surplus,
n'eût-elle pas, ainsi que vous l'affirmez, plus de sens qu'un
panier à bouteilles, en eût-elle même cent fois moins et fût-
elle moins avide d'argent que ne l'est de billets de concert
une sarigue, elle vous tromperait cependant.

BOUBOUROCHE

Pourquoi donc ?

LE MONSIEUR

Parce que, « tromper », toute la femme, monsieur, est là.
Croyez-en un vieux philosophe qui sait les choses dont il parle
et a fait la rude expérience des apophtegmes qu'il émet. Les

hommes trahissent les femmes dans la proportion modeste
d'un sur deux ; les femmes, elles, trahissent les hommes dans
la proportion effroyable de 97 0/0!... Parfaitement !... 97 !...
Et ça, ce n'est pas une blague ; c'est prouvé par la statistique
et ratifié par la plus élémentaire clairvoyance. Bref, que ce
soit pour une raison, ou pour une autre, ou pour pas de raison
du tout : à cette même minute où je vous parle, un intrus est
sous votre toit ; il est assis en votre fauteuil familier, il chauffe
les semelles de ses bottes au foyer habitué à rissoler les vôtres,
et il sifflote entre ses dents l'air du *Forgeron de la Paix*,
qu'il a appris de vous, à la longue. Que vous n'en croyiez pas
un mot, c'est votre droit. Pour moi, ma mission est remplie
et je me retire le cœur léger, en homme qui a fait son devoir,
sans faiblesse, sans haine et sans crainte. Si les hommes ap-
portaient dans la vie cet esprit de solidarité que savent si
bien y apporter les femmes et faisaient les uns pour les autres
ce que je viens de faire pour vous, le nombre des cocus n'en
serait pas amoindri : mais combien serait simplifiée (et c'est
là que j'en voulais venir) la question toujours compliquée et
pénible, des ruptures dont le besoin s'impose : — Monsieur,
à l'honneur de vous revoir. Je vous laisse les consommations.

   (Il salue et sort. — Longue rêverie de Boubouroche.)

BOUBOUROCHE, *abattant brusquement sur la table un coup*
de poing.

Nom d'un tonneau !...

   AMÉDÉE, *qui s'est mépris et qui accourt.*

Monsieur désire ?

    BOUBOUROCHE

Vous m'embêtez. Rien du tout. (*A la réflexion*). Au fait, si !
Qu'est-ce que je vous dois ?

   AMÉDÉE, *son compte fait.*

Neuf francs vingt.

   BOUBOUROCHE, *jetant dix francs sur la table.*

Voilà. — Gardez.

   AMÉDÉE, *stupéfait.*

Merci, Monsieur Boubouroche. (*Suivant de l'œil la sortie*
étrange de Boubouroche.) Qu'est-ce qu'il a donc ?

   BOUBOUROCHE, *au seuil du café.*

Nom d'un tonneau !...

   (*Il sort du café et tourne à droite*).

   Rideau.

ACTE DEUXIÈME

Un salon modeste. Au fond, une porte à deux battants.
A droite, une porte latérale ; à gauche, une croisée, dis-
tinguée à travers la mousseline du rideau qui la masque.
Au fond aussi, près de la porte, un énorme bahut de chêne,
chargé de bibelots et de porcelaines, et dont la partie in-
férieure, révélée par l'écartement de ses deux panneaux, est
entièrement vide ; cela près d'un oreiller et d'une bougie
allumée, posée sur une petite planchette en une des en-
coignures du meuble.
A gauche, Adèle qui travaille, et, près d'elle, un guéridon
supportant une corbeille à ouvrage et une lampe à vaste
abat-jour.
A droite, allongé sur une chaise longue, les semelles présen-
tées au public, André lit un volume de vers.

SCÈNE PREMIÈRE

ADÈLE, ANDRE.

(D'abord long silence. C'est le calme recueilli de l'intimité.
Pas une parole. Grincements légers des ciseaux ; bruit
de pages violemment tournées. Une minute s'écoule
ainsi. Soudain, André chantonne entre ses dents, sans
s'interrompre de lire, d'ailleurs).

C'est pour la paix que mon marteau travaille,
Loin des combats je vis en liberté ;
Je hais le feu, la poudre et la mitraille ;
Je ne forge le fer que pour l'humanité.

ADÈLE, *d'un de reproche.*

André !

ANDRÉ, *rappelé à lui.*

Pardon.

(Reprise de silence; puis, coup de sonnette. André bondit
sur ses pieds, et en un clin d'œil va se blottir dans le
bahut dont il ramène sur lui les battants : ceci, sans
avoir dit un mot. Adèle, elle, est venue à la porte du
fond, puis à une autre porte, qui est celle du palier, et
que laisse voir l'encadrement de la première. — Elle
ouvre).

UN MONSIEUR, *sur le carré.*

Mademoiselle Tambour?

ADÈLE

C'est au-dessus.

LE MONSIEUR

Merci.

(Adèle redescend en scène et vient ouvrir a André).

ADÈLE

Quelqu'un qui se trompe.

(C'est tout, toujours sans ouvrir la bouche, André vient
reprendre, sur sa chaise longue, sa position et sa lecture,
tandis qu'Adèle, près du guéridon, reprend sa chaise et
ses ciseaux. — La scène redevient exactement ce qu'elle
était au lever de la toile. — Nouveau silence suivi d'une
nouvelle œillade exaspérée jetée par Adèle à André, qui
qui s'est remis à fredonner le refrain du *Forgeron de la
Paix*).

ANDRÉ, *rappelé à lui.*

Pardon.

(Il se tait, nouveau temps, grincement de ciseaux dans
des froufrous d'étoffe, froissement de pages violemment
tournées, et cœtera et cœtera. — Coup de sonnette).

ANDRÉ

Zut !

(Recommencé de la scène déjà vue, nouvelle retraite précipitée d'André en son sous-sol de bahut; et nouvelle
passade d'Adèle qui retourne ouvrir la porte du palier).

UN MONSIEUR, *sur le carré.*

Monsieur Trouille?

ADÈLE

C'est au-dessous.

LE MONSIEUR

Merci.

(Rentrée en scène d'Adèle).

ADÈLE, *écartant les panneaux.*

Quelqu'un qui se trompe.

ANDRÉ, *agacé.*

Encore !... Ça va durer longtemps?

ADÈLE

Non, mais prends t'en à moi, pendant que tu y es.

ANDRÉ, *en scène.*

Je ne m'en prends pas à toi.

ADÈLE

Si !... Je dirai même que depuis quelque temps tu as une farouche tendance à m'imputer des responsabilités dans lesquelles je n'ai rien à voir et à me faire payer les erreurs des personnes qui se trompent d'étage.

ANDRÉ

Tu trouves ?

ADÈLE

Oui je trouve.

ANDRÉ

Eh bien, sache-le : cet état de choses ne m'est plus supportable. (*Haineux*). Ce buffet m'aigrit !

ADÈLE

D'abord, c'est un bahut.

ANDRÉ

C'est juste. Je te fais mes excuses.

ADÈLE

Et puis toi aussi, sache-le : tu es profondément injuste ; et avec moi, qui fais des miracles, tu le sais bien, pour écourter autant que possible tes heures de captivité, et (*montrant le bahut*) avec lui, qui te donne une hospitalité... relativement confortable. En somme, quoi ? Tu y as de la lumière, dans ce bahut ; une carpette pour y étendre tes jambes et un coussin pour t'y soutenir les reins. Qu'est-ce qu'il te faut de plus ? Une pièce d'eau ? Ah ! que voilà donc bien les exigences des hommes !

ANDRÉ

Et que voilà donc bien, surtout, les exagérations des femmes !... Il ne s'agit pas de pièce d'eau ; il s'agit que mes parents ne m'ont pas donné la vie pour que je la passe dans un bahut, sois sincère, voyons ; est-ce vrai ?... Autre chose :

S'il est déplorable au point de vue de la commodité, ce meuble est excellent au point de vue de l'acoustique...

ADÈLE, *intriguée.*

Si bien ?

ANDRÉ

Si bien que le silence de ma solitude y est de temps en temps troublé... par des échos fort importuns, dont je me priverais, je te prie de le croire, le plus facilement du monde. — Je t'aime, après tout.

ADÈLE, *émue.*

Pauvre chat !... (*Un temps*). Le buffet de la salle à manger n'avait pas cet inconvénient.

ANDRÉ

Non, mais il en avait un autre : j'en sortais imprégné d'odeurs de nourriture qui se cramponnaient à ma personne avec une ténacité au-dessus de tout éloge... au point que je ne pouvais plus mettre le pied dehors, sans me buter à des gens de connaissance qui me humaient comme un plat et finissaient par s'écrier : « C'est curieux depuis quelque temps, comme vous sentez la poire cuite ! »

(Adèle rit).

ANDRÉ, *vexé,*

Je sais que cela est fort plaisant. Seulement, je te le répète : je commence à avoir plein le dos de cette existence de lapin perpétuellement aux aguets et qui ne sort de son terrier que pour s'y reprécipiter à la première alerte. **Ma** dignité y reste..., et ma confiance aussi.

ADÈLE

Ta confiance en qui ?

ANDRÉ

En toi.

ADÈLE

Conclusion aussi flatteuse qu'inattendue.

ANDRÉ

Elle est logique. Raisonnons. Voilà huit ans que cette plaisanterie dure ; huit ans que tu bernes grossièrement...

ADÈLE

A ton profit, je te ferai observer.

ANDRÉ *après lui avoir baisé la main en signe de gratitude.*

..., un brave garçon qui, après tout, ne t'avait pas prise de force. Et à l'accomplissement de cette tâche tu as déployé, chère enfant, une telle intelligence, que tu m'en vois épouvanté !...

ADÈLE

Tu vas peut-être me reprocher de sacrifier à notre amour cet imbécile de Boubouróche?

ANDRÉ

Non, mais quand j'envisage les trésors de rouerie, d'audace tranquille, de sournoiserie ingénieuse, que tu as dû jeter par les fenêtres pour mener à bonne fin une mauvaise action, j'en arrive à me demander si je ne suis pas, moi aussi, le Boubouroche de quelqu'un et si une femme assez adroite pour cacher un second amant à un premier en le logeant dans un bahut, n'en cache pas au second un troisième, en le fourrant dans un coffre à bois.

ADÈLE

André !

ANDRÉ

Tu n'empêcheras jamais les gens qui aiment d'être jaloux.

ADÈLE

Tu n'as pas à être jaloux de moi.

ANDRÉ

Je ne t'accuse pas.

ADÈLE

Tu me soupçonnes.

ANDRÉ, *très sincère.*

A peine, ma parole d'honneur !

ADÈLE

C'est encore mille fois trop. Qu'ai-je fait? Où est mon crime? Je t'ai préféré à un autre. Après? Or, cet autre, je le connais; tu ne pèserais pas lourd dans ses doigts, et si j'ai eu assez d'adresse pour empêcher que tu y tombes, tu devrais t'en féliciter au lieu de marchander bêtement, comme tu le fais, les moyens dont j'ai dû me servir.

ANDRÉ

Je n'ai pas peur de lui, un homme en vaut un autre.

ADÈLE

Oui? Eh bien qu'il nous pince !...

ANDRÉ

Il nous pincera.

ADÈLE

Jamais!...

ANDRÉ

Tais-toi donc; je te dis que nous serons pincés; c'est sûr.
(*Adéle hausse l'épaule*) Bon!... Tu verras. (*tirant sa montre*)
Du reste, ce ne sera pas aujourd'hui. Neuf heures et demie
dans un instant; Boubouroche ne viendra plus. — Nous nous
couchons?

ADÈLE

Ce ne serait peut-être pas prudent. Attendons encore dix
minutes.

ANDRÉ

Si tu veux.

> (Il regagne sa chaise longue, Adèle reprend son ouvrage
> et la scène, une fois de plus, retrouve son aspect primi-
> tif. Silence. — Violent coup de sonnette).

ANDRÉ

Cette fois, c'est lui!...

> (Disparition dans le bahut. — Adèle va ouvrir).

SCÈNE II

ADÈLE, BOUBOUROCHE, ANDRÉ (caché)

> (Boubouroche entre comme un fou, descend en scène, se
> rend à la porte de droite, qu'il ouvre, plonge anxieuse-
> ment ses regards dans l'obscurité de la pièce à laquelle
> elle donne accès; va de là, à la fenêtre de gauche, dont il
> écarte violemment les rideaux).

ADÈLE, *qui l'a suivi des yeux avec une stupéfaction
croissante.*

Regarde moi donc un peu.

> (Boubouroche, les poings fermés, marche sur elle).

ADÈLE, *qui, elle, vient sur lui avec une grande tranquillité.*

En voilà une figure!... Que se passe-t-il? Qu'est-ce qu'il y a?

BOUBOUROCHE, *d'une voix étranglée,*

Il y a que tu me trompes.

ADÈLE

Je te trompe!.. Comment je te trompe?... Qu'est-ce que tu veux dire, par là?

BOUBOUROCHE

Je veux dire que tu te moques de moi; que tu es la dernière des coquines et qu'il y a quelqu'un ici.

ADÈLE

Quelqu'un!

BOUBOUROCHE

Oui, quelqu'un!

ADÈLE

Qui?

BOUBOUROCHE

Quelqu'un.

(Un temps).

ADÈLE, *éclatant de rire.*

Voilà du nouveau.

BOUBOUROCHE, *la main haute.*

Ah! ne ris pas!... Et ne nies pas! Tu y perdrais ton temps et ta peine : je sais tout!... C'est cela, hausse les épaules; efforce-toi de me faire croire qu'on a mystifié ma bonne foi. *(Geste large).* Le ciel m'est témoin que j'ai commencé par le croire et que je suis resté dix minutes les pieds sur le bord du trottoir, les yeux rivés à cette croisée, m'accusant d'être fou, me reprochant d'être ingrat, et pensant qu'il fallait que je portasse en moi un rude fond de crédulité pour avoir pu m'attarder un instant à des racontars de pie-borgne!... J'allais m'en retourner, je te le jure, quand tout à coup, deux ombres — la tienne et une autre!... — ont passé en se poursuivant sur la tache éclairée de la fenêtre!... « Alors, je ne sais plus ce qui s'est fait en moi, il m'a semblé qu'une main me prenait à la nuque, me soulevait, me lançait à travers la chaussée, au hasard des fiacres... comme une balle. Et des gens s'arrêtaient surpris, tandis que je criais : « J'y vais! » à l'appel de vengeance de mon affection trahie, de ma confiance abusée, de ma bonté méconnue. » — A cette heure, tu n'as plus qu'à me livrer ton complice; nous avons à causer tous deux de choses qui ne te regardent pas Vas donc me chercher cet homme, Adèle. C'est à cette condition seulement, que je te pardonnerai peut-être, car (*très ému*) ma tendresse pour toi, sans bornes, me rendrait capable de tout, même de perdre un jour le souvenir de l'inexprimable douleur sous laquelle sombre toute ma vie.

ADÈLE, *dans une nausée.*

Tu es bête!

BOUBOUROCHE

Je l'ai été. Oui, j'ai été huit ans ta dupe; inexplicablement aveugle en présence de telles évidences qu'elles auraient dû me crever les yeux!... N'importe, ces temps sont finis, la canaille peut triompher, une minute vient toujours, où le bon Dieu, qui est un brave homme, se met avec les honnêtes gens.

ADÈLE, *brusquement transformée.*

Assez!

BOUBOUROCHE, *abasourdi.*

Tu m'imposes le silence, je crois?..,

ADÈLE

Tu peux même en être certain!... (*Hors d'elle*). En voilà un énergumène, qui entre ici comme un boulet! pousse les portes! tire les rideaux! emplit la maison de ses cris! me traite comme la dernière des filles, va jusqu'à lever la main sur moi!...

BOUBOUROCHE

Adèle...

ADÈLE

... tout cela parce que, soi-disant, il aurait vu passer deux ombres sur la transparence d'un rideau!... D'abord tu es ivre.

BOUBOUROCHE

Ce n'est pas vrai.

ADÈLE

Alors, tu mens.

BOUBOUROCHE

Je ne mens pas.

ADÈLE

Donc, tu es gris; c'est bien ce que je disais!... (*Effarement ahuri de Boubouroche*). De deux choses l'une; tu as vu double ou tu me cherches querelle.

BOUBOUROCHE, *troublé et qui commence à perdre sa belle assurance.*

Enfin, ma chère amie, voilà! Moi..., on m'a raconté des choses.

ADÈLE, *ironique.*

Et tu les as tenues pour paroles d'Évangile? Et l'idée ne t'est pas venue un seul instant d'en appeler à la vraisemblance? aux huit années de liaison que nous avons derrière nous? (*Silence embarrassé de Boubouroche*). C'est délicieux! En sorte que je suis à la merci du premier chien coiffé venu?... Un monsieur passera, qui dira : « Votre femme vous est infidèle », moi je paierai les pots cassés? je tiendrai la queue de la poêle?

BOUBOUROCHE, *qui ne sait plus.*

Mais...

ADÈLE, *très ferme.*

Détrompe-toi.

BOUBOUROCHE, *à part.*

J'ai fait une gaffe.

ADÈLE, *pâle d'indignation,*

Celle-là est trop forte, par exemple. (*Tout en parlant, elle est venue au guéridon et elle a pris la lampe qu'elle apporte à Boubouroche*) Voici de la lumière.

BOUBOUROCHE

Pourquoi faire?

ADÈLE

Pour que tu ailles voir toi-même. Ne fais donc pas l'étonné.

BOUBOUROCHE *se dérobant.*

Tu n'empêcheras jamais les gens qui aiment d'être jaloux.

ADÈLE

Tu l'as déjà dit.

BOUBOUROCHE

Moi?... Quand ça?

ADÈLE, *à part.*

Oh! (*Haut*) Tu m'ennuies!... Je te dis de prendre cette lampe..., (*Boubouroche prend la lampe*)... et d'aller voir. Tu connais l'appartement, hein? Je n'ai pas besoin de t'accompagner?

BOUBOUROCHE, *convaincu.*

Ne sois donc pas méchante, Adèle. Est-ce que c'est ma

faute à moi, si on m'a collé une blague ? Pardonne-moi, et n'en parlons plus.

ADÈLE, *moqueuse.*

Tu sollicites mon pardon ?... C'est bizarre ! Ce n'est donc plus à moi de mériter le tien par mon repentir et par ma bonne conduite ?... (*Changement de ton*). Vas toujours, nous verrons plus tard. Comme, au fond, tu es plus naïf que méchant, il est possible — pas sûr, pourtant — que je perde, — moi — un jour, le souvenir de l'odieuse injure que tu m'as faite. Mais j'exige... — tu entends ? j'exige ! — que tu ne quittes cet appartement qu'après en avoir scruté, fouillé l'une après l'autre chaque pièce. — Il y a un homme ici, c'est vrai.

BOUBOUROCHE, *goguenard.*

Mais non.

ADÈLE

Ma parole d'honneur. (*Indiquant de son doigt le bahut où est enfermé André*). Tiens, il est là-dedans ! (*Boubouroche rigole*). Vas donc voir, je te dis qu'il est là dedans. (*Haussement apitoyé de l'épaule*). Voici la clé de la cave.

BOUBOUROCHE, *les yeux au ciel,*

La cave !...

ADÈLE

Tu me feras le plaisir d'y descendre...

BOUBOUROCHE

Tu es dure avec moi, tu sais.

ADÈLE

... et de regarder entre les tonneaux et les murs. Ah ! je te fais des infidélités ?... Ah ! je cache des amants chez moi !... Eh bien cherche, mon cher ; et trouve !

BOUBOUROCHE, *attristé.*

Allons ! Je n'ai que ce que je mérite.

(*La lampe au poing, il va lentement, non sans se retourner de temps en temps pour diriger vers Adèle, qui demeure impitoyable et muette, des regards suppliants de phoque, jusqu'à la petite porte de droite qu'il atteint enfin et qu'il pousse. — Coup d'air. La lampe s'éteint*).

BOUBOUROCHE

Bon !

(Mais à la seconde précise où l'ombre a envahi le théâtre, la
lumière de la bougie qui éclaire la cachette d'André est
apparue, très visible, sous la forme de deux rectangles
enserrant de leurs lignes de feu les deux panneaux infé-
rieurs du bahut).

ADÈLE, *étouffant un cri.*

Ah !

BOUBOUROCHE, *à tâtons.*

Voilà une autre histoire — Tu as des allumettes, Adèle?
(*Brusquement*) Tiens!... Qu'est-ce que c'est que ça?... De la
lumière ! (*Précipitamment, il dépose sa lampe; court au
bahut, l'ouvre tout grand et se recule en poussant un cri
terrible*).

(Par les panneaux écartés du bahut, André apparaît à demi-
étendu sur la carpette qui garnit le sol du meuble; les
reins soutenus par l'oreiller qui en occupe un des flancs,
et lisant tranquillement son volume de poésie à la lueur
de la bougie qui brûle sur une planchette au-dessus de
sa tête).

SCÈNE III

ADÈLE, BOUBOUROCHE, ANDRÉ

(Découvert, André ne s'émeut point. Il sort de son bahut,
emportant sa bougie qu'il dépose sur le guéridon. — Lumière à la rampe. — Ceci fait, il va à Adèle, et souriant,
avec le geste content de soi, d'un monsieur à qui l'événe-
ment a fini par donner raison):

ANDRÉ

C'était sûr, je l'avais prédit (*Philosophe*). Enfin !... Un peu
plus tôt ou un peu plus tard ! (*Il tire de sa poche sa carte et*

la présente à Boubouroche). Je me tiens à vos ordres, monsieur.

> (*Mais Boubouroche, idiotisé, regarde sans le voir*).

ANDRÉ, *après un instant. très aimable.*

C'est ma carte. Veuillez me faire l'honneur de la prendre.

BOUBOUROCHE. *qui replie la carte et la jette au fond
de sa poche.*

C'est bien. Je vous ferai savoir mes intentions. Allez vous
en.

ANDRÉ

Excusez-moi. Je serais naturellement bien aise de savoir ce
que vous comptez faire. Oh! je ne vous interroge pas!... Une
telle familiarité!... Cependant... en un mot, monsieur, je ne
suis pas sans inquiétude. Vous êtes violent, et je ne sais jusqu'à quel point j'ai le droit de vous laisser seul avec une
femme... qui,... qui...

BOUBOUROCHE, *formidable.*

Vous, vous allez commencer par vous taire. Un mot encore,
— Je dis: un! un! un! un seul! C'est clair, n'est-ce pas? un
seul mot! — ... je vous empoigne par le fond de la culotte, et
je vous envoie par cette croisée, voir les poules!...

ANDRE, *très calme.*

Permettez.

BOUBOUROCHE

Silence!.,. Taisez-vous!... — Si, un instant, vous pouviez
deviner ce qui se passe en moi à cette heure ; si vous pouviez
supposer à quelle force de volonté je me retiens et je me
cramponne, ah! je vous le certifie, je vous le jure, vous ver-
diriez! à la pensée de seulement entr'ouvrir la bouche!... —
« Vous voyez bien ces doigts, n'est-ce pas? Savez-vous de quoi
ils tremblent?... De l'envie folle, impérieuse, de monter jusqu'à votre cou et de s'y implanter en vos chairs! Oui, vous
seriez terriblement imprudent de vous obstiner à parler après
que je vous en ai fait la défense, et c'est un bonheur pour
nous deux, un grand bonheur, que je me connaisse!... Allez-
vous-en, croyez-moi, rendez-nous ce service à tous; car si vous
n'êtes pas parti dans une seconde, il se passera, ici... des
choses! Il y aura du sang par terre, et cela, entendez-moi bien,
je vous le dis parce que je le sais! Ce sera le vôtre, ou un au-

tre, peu importe! » Allez-vous-en, voilà tout ce que j'ai à vous dire. Je suis un homme très malheureux et dont il ne faut pas exaspérer le chagrin, allez vous-en ! Allez-vous-en ! Allez-vous-en !

ANDRÉ, *très chic.*

Un galant homme est toujours galant homme, même le jour où certaines circonstances de la vie l'ont mis dans la nécessité de se cacher dans un bahut. Il arrivera ce qui arrivera, mais je quitterai cette maison quand j'aurai reçu de vous l'assurance que vous ne toucherez pas à un seul cheveu de la personne qui est là. Je vous en demande votre parole d'honneur, et c'est le moindre de mes devoirs. Vous êtes extraordinaire, vous me permettrez de vous le dire, avec vos airs de mettre à la porte d'une maison qui n'est pas la vôtre; et si je veux bien me rendre à vos ordres, eu égard à votre état d'exaltation, vous ne sauriez moins faire, convenez-en, que de céder à ma prière.

BOUBOUROCHE, *le sang à la tête.*

Je vais faire un malheur !

ANDRÉ, *très simple.*

Faites-le.

(Jeu de scène. Les deux hommes se regardent dans les yeux. Lutte intérieure de Boubouroche, qui finit par se dominer).

BOUBOUROCHE, *d'une voix sourde.*

Parlez.

ANDRÉ

J'ai votre parole?

BOUBOUROCHE, *du même ton.*

Oui.

ANDRÉ

J'en prends acte. (*Silence*) Madame... Monsieur.

(*Il sort*).

BOUBOUROCHE, *à Adèle, après la sortie d'André.*

Qui est cet homme?

ADÈLE, *hautaine.*

Est-ce que je sais, moi !...

SCÈNE IV

BOUBOUROCHE, ADÈLE

BOUBOUROCHE, *étourdi du brusque révélé de tant de fausseté
et de perfidie.*

Scélérate !... Tu vas mourir !

(Il bondit sur elle ; de ses deux mains, il lui emprisonne
le cou).

ADÈLE, *terrifiée.*

Ah !

(Boubouroche l'a renversée sur la chaise longue, le meurtre
va s'accomplir. Mais au moment de serrer les doigts, le
pauvre diable manque de courage. Il se redresse, il prend
ses tempes dans ses mains, finit par éclater en larmes,
et, tombé aux genoux de sa maîtresse, il sanglotte, la
tête dans ses jupes).

BOUBOUROCHE

Je ne peux pas, mon Dieu !... Je ne peux pas !... Mais quelles
fibres me lient donc à toi, que toutes mes énergies d'homme
ne puissent suffire à les briser ; que ma soif de vengeance dé-
sarme devant la peur de te faire du mal et que je ne trouve
que des pleurs où je devrais ne trouver que des colères?...
Voyons (*il lui prend les mains*) pourquoi as-tu fait ça?...
Je sais bien que je ne suis ni bien beau ni bien riche, mais
j'avais tant fait, tant fait, pour faire oublier ces petits torts!...
Tu étais dans mon cœur comme dans un nid!... J'étais dans
tes petites mains un jouet!... Tu avais l'air d'être contente...
Alors quoi? Car je ne comprends plus. Pourquoi? Parle!
Pourquoi? Pourquoi ?

ADÈLE *qui s'est peu à peu rassurée et dont le visage
n'exprime plus à cette heure que le plus profond
étonnement,*

Ah! ça! c'est sérieux?

BOUBOUROCHE

Sérieux !...

ADÈLE

C'est qu'en vérité tu me fais peur! Je me demande si tu

deviens fou... Qu'est-ce qui te prend? Qu'est-ce que je t'ai fait?

BOUBOUROCHE

Eh! ne le savons-nous pas que trop?... Tu m'as trompé!

ADÈLE, *hochant de droite à gauche la tête,*

Pas du tout.

BOUBOUROCHE

Tu ne m'a pas trompé?

ADÈLE, *simplement.*

Jamais.

BOUBOUROCHE

Mais cet homme, misérable menteuse! cet homme?

ADÈLE

Je ne puis te répondre.

BOUBOUROCHE

Pourquoi donc?

ADÈLE

Parce que c'est un secret de famille et que je ne puis pas le revéler.

BOUBOUROCHE, *suffoqué.*

Ça par exemple!...

ADÈLE, *résignée.*

Tu ne me crois pas, tu as raison. J'en ferais autant à ta place. — Adieu.

BOUBOUROCHE

Où vas-tu?

ADÈLE

Nulle part, il faut nous quitter; voilà tout.

BOUBOUROCHE

Tu n'espère cependant pas que sur la foi d'une simple assurance...

ADÈLE

Je ne l'espère pas, en effet, — encore que je pourrais te trouver d'un scepticisme un peu outré à l'égard d'une femme qui a été huit ans la compagne de ton existence et ne croit pas avoir jamais rien fait qui puisse te donner le droit de suspecter sa parole. Ça ne fait rien; les apparences sont contre moi et je ne saurais t'en vouloir de la faiblesse d'âme qui te pousse à t'en remettre à elles, en aveugle. Si tu ne l'avais, tu ne serais pas homme.

BOUBOUROCHE

C'est possible, mais moi je dis une chose ; c'est que cacher un homme chez soi n'est pas le fait d'une honnête femme.

ADÈLE

Si je n'étais une honnête femme, je ne ferais pas ce que je suis entrain de faire : je ne sacrifierais pas ma vie au respect de la parole donnée, à un secret d'où dépend, seulement, l'honneur d'une autre !!! — Inutile de discuter ; nous ne nous entendrons jamais ; — ce sont là de ces sentiments féminins que les hommes ne peuvent pas comprendre. Séparons-nous ; nous n'avons plus que cela à faire. (*Sa voix se mouille*). Je ne te demande pas de m'embrasser, mais je voudrais que tu me donnes la main. (*Boubouroche lui donne la main*), Sois heureux, voilà tout le mal que je te souhaite ; pardonne-moi celui que j'ai pu te faire, car je ne l'ai jamais fait exprès.

BOUBOUROCHE, *que commence a gagner l'émotion.*

Oh ! je sais bien. Tu n'es ni vicieuse ni méchante.

ADÈLE, *dont la voix se trempe de plus en plus.*

Nous aurons goûté de grandes joies : laisse moi croire que tu n'en perdras pas tout souvenir en franchissant le seuil de cette porte, et que quelquefois, plus tard, quand tout ce qui est le présent sera devenu un lointain passé, tu te rappelleras avec un peu d'attendrissement la vieille amie que tu auras laissée seule et la petite maison que tu auras laissée vi l.....(*Eclatant en sanglots*). Ah ! elle peut s'en vanter, la vie !... Quand elle se met à être lâche, elle l'est bien !...

BOUBOUROCHE, *les larmes aux yeux.*

Adèle...

ADÈLE

Ne pleure pas, je t'en prie. Je n'ai déjà pas trop de courage !... Car enfin, je ne me faisais pas d'illusions et je savais bien que notre liaison ne pouvait pas être éternelle,... mais je croyais pouvoir compter encore sur quelques années de bonheur...

BOUBOUROCHE

Jure de ne plus recommencer au moins. Je t'ai dit que ma tendresse pour toi pouvait aller jusqu'au pardon.

ADÈLE

Je sais à quel point tu es bon et je te sais gré de ton indulgence ; mais je n'ai pas à accepter le pardon d'une faute que

je n'ai pas commise. — Et puis, à quoi bon? pourquoi faire?
Tu ne peux plus avoir pour moi qu'une affection sans confiance
et dans ces conditions j'aime mieux y renoncer. Je tiens à ton
amour, mais plus encore à ton estime ; le ver est dans le fruit,
jetons-le.

BOUBOUROCHE

Je ne peux pas te quitter. C'est plus fort que moi.

ADÈLE

Il le faut cependant. (*Energique.*) Allons!... (*Boubouroche
pleure.*) Grand bébé!... (*Elle a tiré son mouchoir de sa
poche et elle lui en essuie les yeux*)... Voilà, maintenant,
qu'il faut que ce soit moi qui le console!... Sois homme!...
C'est le deuil éternel de la vie, ça!

BOUBOUROCHE *qui larmoie.*

Je veux rester.

ADÈLE

C'est impossible.

BOULOUROCHE

Je t'aime trop... Je ne peux pas me passer de toi.

ADÈLE

Ce sont des choses que l'on dit. — Et si j'étais venue à
mourir!

BOUBOUROCHE

Oh! alors... (*Geste éloquent*).

ADÈLE

Tenons-nous en là. Les forces me manqueraient, à la fin.
Pour la dernière fois, adieu.

BOUBOUROCHE

Ce n'est pas la peine, je ne m'en irai pas.

ADÈLE

Tu n'es pas raisonnable.

BOUBOULOCHE

Je m'en fiche,

ADÈLE

C'est bien. Reste. (*Dans un changement de ton*). Alors
tu me pardonnes? (*Boubouroche, de la tête, dit* « Oui »).
Réponds mieux que ça. Tu me pardonnes?

BOUBOUROCHE, *à demi-voix.*

Oui.

ADÈLE

Tu me pardonnes de tout ton cœur?

BOUBOUROCHE

Je te pardonne de tout mon cœur.

ADÈLE

Et tu ne reparleras jamais de cette abominable soirée?

BOUBOUROCHE

Jamais.

ADÈLE

Tu me le jures?

BOUBOUROCHE

Je te le jure.

ADÈLE

Bon. — Eh bien, je ne t'ai pas trompé. Tu me croiras peut-être, à présent que je n'ai plus d'intérêt à mentir. (*S'emparant de ses deux mains*). Regarde moi dans les yeux. Ai-je l'air, oui ou non, d'une femme qui dit la vérité?... Ah! le nigaud, qui gâche sa vie pour le seul plaisir de le faire et ne songe pas à se dire: « C'est trop bête! Voilà huit ans que cette maison est la mienne, et que cette femme vit au grand jour! » Franchement, quand as-tu eu à te plaindre de moi?... N'ai-je pas été pour toi la plus douce des maîtresses? la plus patiente, et... — il faut bien le dire! — ... la plus désinté-ressée?

BOUBOUROCHE

Si.

ADÈLE

Et un tel passé s'écroulerait? et des heures vécues en com-mun, et des caresses échangées, et de tout ce qui fut notre amour, rien ne subsisterait en ta mémoire, parce qu'une fata-lité imbécile te fait trouver (*méprisante*) dans un bahut, un homme... que tu ne connais même pas?... — Un doute reste en ton esprit!

BOUBOUROCHE

Non.

ADÈLE

Ne dis pas « non », je le sens. Eh bien, je ne veux plus de toi à moi le plus petit équivoque, la moindre arrière-pensée. je sais de quel prix je puis payer ta tranquillité définitive: c'est cher, mais je suis disposée à tout, même à te livrer, si tu l'exiges, un secret qui n'est pas le mien. Dois-je commet-tre cette infamie? Un mot, c'est fait.

BOUBOUROCHE

Pour qui me prends-tu? Je suis un honnête homme. Les affaires des autres ne me regardent pas.

ADÈLE

Embrasse-moi, je pourrais te faire des reproches, mais tu as eu assez de chagrin comme ça. Seulement, conviens que tu as été bien bête!

BOUBOUROCHE

Que veux-tu! Les hommes sont des naïfs; ils croient tout ce qu'on leur raconte... — Et à ce propos...

(Il se lève, va prendre son chapeau, s'en coiffe et se dirige vers le fond).

ADÈLE, *étonnée.*

Qu'est-ce que tu fais?

BOUBOUROCHE

Un compte à régler. Ne t'inquiète pas. Je ne fais qu'aller et revenir.

(Il sort, laissant ouverte la porte qui donne accès sur le vestibule, en sorte qu'on le voit ouvrir la porte de l'escalier. A cet instant, passe, regagnant son domicile, le vieux monsieur du premier acte).

BOUBOUROCHE

Ça tombe bien ; j'allais chez vous.

(Il dit, l'empoigne à la cravate, et l'amène rudement en scène).

LE MONSIEUR, *ahuri.*

Hein! Quoi! Qu'est-ce qu'il y a?

BOUBOUROCHE

Et si je vous cassais la figure, maintenant?... Si je vous la cassais la figure?

LE MONSIEUR

Voulez-vous me lâcher!

BOUBOUROCHE

Ah! Adèle est une petite gueuse! Ah! Adèle est une petite gueuse! — Vous êtes un vieil imbécile!

Colletage, tumulte, rideau.

D. 2471. — Paris. — Imp. Ferd. Imbert, 7, rue des Canettes.

G. CHARPENTIER et E. FASQUELLE, Éditeurs
11, RUE DE GRENELLE, 11, PARIS

CHOIX DE PIÈCES

AJALBERT (Jean). — **La Fille Élisa**, Pièce en 3 actes. 2 fr.
ALEXIS (Paul). — **Celle qu'on n'épouse pas**, Comédie en un acte, en prose. 1 fr.
— **La Fin de Lucie Pellegrin**. Un acte. 1 fr.
ALEXIS (Paul) et MÉTÉNIER (Oscar). **Monsieur Betsy**, Comédie en quatre actes, en prose. 2 fr. 50
— **Les Frères Zemganno**, Comédie en 3 actes, en prose, tirée du roman de Edmond de Goncourt. 2 fr. 50
BANVILLE (Th. de). **Riquet à la Houppe**, Comédie féerique. 2 fr. 50
— **Le Baiser**, Comédie en un acte avec dessin de G. Rochegrosse. Prix. 1 fr. 50
BERGERAT (Émile). **Le Capitaine Fracasse**, Comédie héroïque en vers, quatre actes et un prologue. 2 fr. 50
G. COURTELINE. — **Boubouroche**, Vaudeville en 2 actes. Prix. 1 fr.
BUSNACH (W.) et GASTINEAU. **L'Assommoir**, Drame en cinq actes et neuf tableaux, tiré du roman et avec une préface d'Émile Zola, et un dessin de G. Clairin. 2 fr. 50
CÉARD (Henry). **Les Résignés**, Pièce en trois actes. 2 fr. 50
— **Tout pour l'honneur**, Drame en un acte, en prose. 1 fr. 50
A. DAUDET et P. ELZÉAR. **Le Nabab**, Pièce en sept tableaux. 2 fr.
GAUTIER (Judith). **La Marchande de sourires**, Drame japonais en cinq actes. 2 fr.
GONCOURT (Edmond et Jules de). **Henriette Maréchal**, Drame en trois actes, en prose. 2 fr.
— **La Patrie en danger**, Drame en trois actes. 2 fr.
— **Germinie Lacerteux**, Pièce en dix tableaux. 2 fr. 50
GONCOURT (Edmond de). **A bas le Progrès**, Bouffonnerie satyrique en un acte. 1 fr.
HARAUCOURT (Ed.). **Shylock**. Pièce en cinq actes, en vers. 2 fr. 50
— **La Passion**, Mystère en deux chants et six parties. 2 fr. 50
HENNIQUE (Léon). **Jacques Damour**, Pièce en un acte, tirée de la nouvelle d'Émile Zola. 1 fr.
RICHEPIN (Jean). **Par le Glaive**, Édition in-8. Prix 4 fr.
Même édition in-12 — 2 fr. 50
La Glu, Édition in-8°. Prix 4 fr.
Même édition in-12 — 2 fr.
SCHOLL (Aurélien). **L'Amant de sa femme**, Comédie en un acte. 1 fr.
THEURIET (André). **Raymonde**, Pièce en 3 actes. 2 fr. 50
VAUCAIRE (Maurice). — **Valet de cœur**, pièce en 3 actes. Prix. 2 fr.
ZOLA (E.). **Thérèse Raquin**, Drame en quatre actes. Gr. in-18. 2 fr.
— **Les Héritiers Rabourdin**, Comédie en trois actes, avec préface. Grand in-18. 2 fr.
— **Renée**, Pièce en cinq actes, avec préface. 2 fr. 50

Paris. Imp. F. Imbert, 7, rue des Canettes